Pascal Teulade

# Bonjour Madame la Mort

Illustrations
de Jean-Charles Sarrazin

lutin poche de l'école des loisirs
11, rue de Sèvres, Paris 6e

Il était une fois une très vieille paysanne qui vivait seule dans une grande ferme en bien piteux état. Son mari était mort, il y avait déjà fort longtemps. Comme compagnie, il ne lui restait qu'un chat, une poule, une chèvre et une vache. Elle n'entendait et ne voyait presque plus rien. Pourtant, malgré son grand âge, – elle avait quatre-vingt-dix-neuf ans – cette vieille n'avait aucune envie de mourir. Jusqu'au jour où…

Un soir d'orage quelqu'un frappa à la porte. De sa petite voix aigrelette et tremblante, la vieille demanda : « Qui est-ce ? »
Une voix caverneuse souffla :
« C'est la Mort ! »
Un peu sourde, la vieille insista : « Qui ? »
« La Mort ! » répéta la voix en articulant bien.
« Aurore ! » comprit la paysanne, « quel joli nom ! Mais je ne vous connais pas ? » Peu farouche, elle ouvrit sa porte mais ne reconnut pas l'étrange personnage avec sa faux, sa longue cape noire et son air de déterré. Avec un large sourire, la vieille l'accueillit : « Bonjour chère madame. Que puis-je faire pour vous ? »
Surprise et étonnée de tant d'amabilité, la Mort répondit : « Heu... Je viens vous emmener ! »
« Excusez-moi ! Parlez plus fort, je suis un peu dure d'oreille ! »
Agacée, la Mort cria : « Allez ! Il faut mourir ! »
« Courir ! » s'esclaffa la paysanne, « mais voyons, ce n'est plus de mon âge. Vous savez, mes jambes sont si faibles ! En tout cas, vous êtes vraiment gentille de me faire une petite visite. Si vous saviez comme je suis seule ! »
« Mais, madame... ! » reprit la Mort interloquée.
« Malade ? » comprit la vieille, « non, je suis simplement très âgée, voilà tout ! » Taquine, elle ajouta : « Cela vous arrivera à vous aussi ! »

La Mort ne savait plus que dire pour se faire comprendre. Alors, de rage, elle poussa un hurlement glacial afin de faire peur à cette sacrée paysanne. Mais la vieille n'entendit qu'un petit cri de rien du tout comme un raclement de gorge. Désolée, elle déclara :
« Oh, mais vous, par contre, vous me semblez bien mal en point ! Ma pauvre, asseyez-vous donc près du poêle. »
Dépitée, la Mort resta muette.
Et pour la première fois de sa si longue existence, elle se sentit un peu chaude.
Était-ce le poêle brûlant ou la fièvre qui commençait à pénétrer ses os ?
Doucement, elle se mit à sangloter.

Ennuyée, la vieille la prit par la main : « Ma pauvre petite, vous avez la main glacée. Vous avez dû prendre froid, ce doit être la grippe ! Vous auriez dû vous faire vacciner, ah là là ! Allez donc vous étendre sur mon lit. Et puis, changez-vous, vous êtes trempée. Tenez, je vous prête ma robe de nuit à dentelles. » Pudique, la Mort se changea derrière un paravent et alla s'étendre sur la couche moelleuse de la vieille paysanne qui tentait de la tranquilliser : « Allez, ne soyez pas douillette ! Ce n'est pas si grave, ça va passer. Tenez, je vais vous préparer une tisane. »

Quelques minutes plus tard, la vieille apporta une tisane brûlante au pissenlit saupoudrée de poivre. Elle la posa sur la table de chevet et installa confortablement la Mort avec un gros oreiller sous la tête et un énorme édredon en duvet d'oie sur le ventre. Elle lui glissa une bouillotte sur les pieds, puis elle la borda et lui fredonna une tendre et étrange berceuse de son enfance :

*Dors, dors petit enfant*
*dans tes jolis draps blancs*
*Laisse-toi aller, courage,*
*de l'autre côté des images…*

Ainsi la Mort, bercée par
la voix de la paysanne, s'endormit…

La Mort, véritablement malade, resta couchée le lendemain et même les jours suivants. Afin qu'elle ne s'ennuyât pas, la vieille lui apprit à jouer à la crapette et aux dames. Mais la Mort n'aimait pas beaucoup les jeux. Surtout qu'elle perdait tout le temps ! Accablée, elle regardait cette bonne vieille reprendre des couleurs et des forces.
Toute faible, la Mort se disait : « Elle ne mourra donc jamais, cette satanée vieille ! » En effet, on pouvait le croire. Elle était si heureuse d'avoir trouvé une compagnie qu'elle s'agitait de tous côtés, rangeant sa maison ou préparant de petites galettes au beurre, sa spécialité.
Et quand, gênée, la Mort balbutiait : « Je peux vous aider ? » la paysanne répondait : « Non, non, ne bougez surtout pas, je m'occupe de tout ! »
Un matin, tout de même, la paysanne dit à la Mort : « Vous avez une bien meilleure mine aujourd'hui. Allez, il faut vous lever. Vous n'allez pas passer votre vie au lit ! »

Elle lui proposa : « Enfilez donc ces grosses pantoufles et cette robe de chambre. Allez, un peu de nerf, je vais vous aider. Tenez-vous à mon bras ! » La Mort, d'ordinaire si forte, si sûre d'elle, se sentait faible, étonnamment faible. Elle se demandait si elle pourrait retravailler un jour…

La vie s'organisait à la ferme et le plus extraordinaire arriva. La Mort, peu amicale d'ordinaire, finit par s'attacher à cette paysanne d'humeur si joyeuse. Chaque jour, la Mort allait traire la vache et la paysanne donnait à manger aux poules ou fauchait son petit pré avec la grande faux de sa nouvelle amie.

Et le soir, à la veillée, les deux compagnes papotaient devant la grande cheminée en grignotant quelques châtaignes accompagnées d'un petit verre d'eau de vie de prune. La Mort, maintenant tout à fait remise, devint même imbattable aux dames – ce qui, avouons-le, agaçait un peu la paysanne !

Au bout d'un mois, la Mort dut retourner à son travail. Il y avait dans le monde des tas de gens qui attendaient sa venue. Elle serait bien restée encore, mais elle devait partir, elle le savait. Alors elle annonça d'une voix douce: « Écoute-moi, très chère, je dois partir ! »
(Elles se tutoyaient, maintenant qu'elles étaient amies !)
Cette fois, la vieille ne fit pas répéter la Mort. Elle répondit: « Vraiment ? Tu t'ennuies ici ? »
« Non ! mais... »
« Tu veux me laisser seule ? »
« Non, mais... »
« Tu n'es pas bien avec moi ? » questionnait inlassablement la vieille.
« Si, bien sûr... mais... mais c'est ainsi, il le faut. »
La vieille la regarda et ne posa plus de questions. Elle réfléchit quelques secondes et dit avec beaucoup de tendresse: « Attends, ma mie, nous allons partir ensemble ! Tu ne vas pas me laisser seule, tout de même. »
La Mort hésita: « Heu... »
« Attends, patiente encore un jour, ce soir c'est mon anniversaire. J'ai cent ans tout juste. »
La Mort ne voulut pas la contrarier. Et pour lui faire plaisir, elle lui prépara un gâteau.

Alléchée, la vieille la regardait en riant.
« Et les cent bougies, où comptes-tu les mettre ? »
La Mort réfléchit : « Tu as raison, il n'y a pas assez de place sur le gâteau. »
« J'ai une idée », s'exclama la vieille. Elle alla chercher des bougies dans une vieille armoire, les disposa joliment dans la pièce et commença à les allumer. Puis, petit à petit, la nuit tomba.

eau
de
vie

Enfin le grand moment arriva…
La mort déclara : « Maintenant, ma chère, ferme les yeux ! »
Sagement, la vieille obéit et la Mort apporta le gros gâteau.
Émue, la vieille ouvrit ses petits yeux pétillants :
« Comme tu es gentille, j'aime tellement les gâteaux ! »
Alors, la Mort entonna de son étrange voix :
« Joyeux anniversaire, mes vœux les plus sincères… »

Puis la Mort, comme il se doit, apporta un cadeau. Comblée, la vieille sanglota de joie. « Tu n'aurais pas dû ! À mon âge, vraiment, je n'ai besoin de rien ! »

Excitée comme une puce, elle ouvrit le paquet et découvrit… une jolie robe blanche. Tout de suite, elle la palpa de ses vieilles mains ridées : « Comme elle est soyeuse et légère ! » Elle ajouta en riant : « C'est une vraie robe de mariée ! »

Puis sans attendre, elle l'enfila…
La Mort lança : « Ne bouge pas, je vais faire une photo. »
« Attends un peu que je me fasse belle ! » rétorqua la vieille. Elle se coiffa d'un superbe chapeau à fleurs et enfila un collier de perles de toutes les couleurs : « C'est tout ce qui me reste de ma mère ! »

Puis elle fit son plus beau sourire.
À ce moment, la Mort sortit un appareil de son sac de voyage
et fit quelques photos.

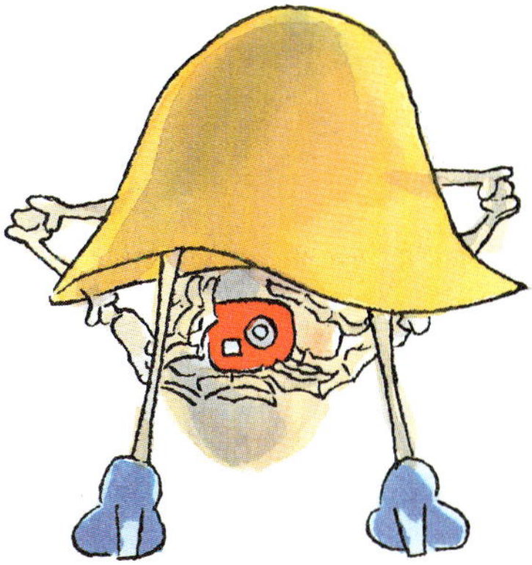

Ensuite, la Mort prit un petit accordéon et joua un petit air, une valse d'autrefois. « Oh ! » s'écria la vieille, « moi qui aime tellement danser ! » Entraînée par la musique, elle dansa, tourna sur elle-même, lentement, légèrement…
Puis, pratique, elle s'arrêta et déclara : « Nous n'avons pas que ça à faire. Je dois encore souffler les cent bougies ! »
La Mort rit : « Allez, au travail ! » Pleine de courage, la paysanne les souffla, n'en laissant qu'une, posée sur sa table de chevet…

volcans d'Auvergne

Puis, fatiguée, la vieille femme s'étendit : « Je crois qu'il est temps que je me repose ! » Doucement, elle baissa ses paupières en continuant à fredonner le petit air. Puis elle murmura dans un souffle : « Je suis prête, amie ! » Alors, la Mort, sans bruit, éteignit d'un souffle la dernière bougie. Puis elle rassembla ses bagages et partit sur la pointe des pieds en fermant doucement la porte.

Et c'est ainsi que la très vieille paysanne qui vivait seule avec une vache, une chèvre, un chat et une poule mourut.
Un jour, un beau matin de printemps…

Première édition dans la collection *lutin poche* : novembre 2000

Loi numéro 49 956 du 16 juillet 1949 sur les publications
destinées à la jeunesse : mars 1997
Dépôt légal : novembre 2000
Imprimé en France par Aubin Imprimeur à Poitiers